綁架米開朗基羅

文　王文華

圖　李恩

楔子

再度神奇桌遊社招生日

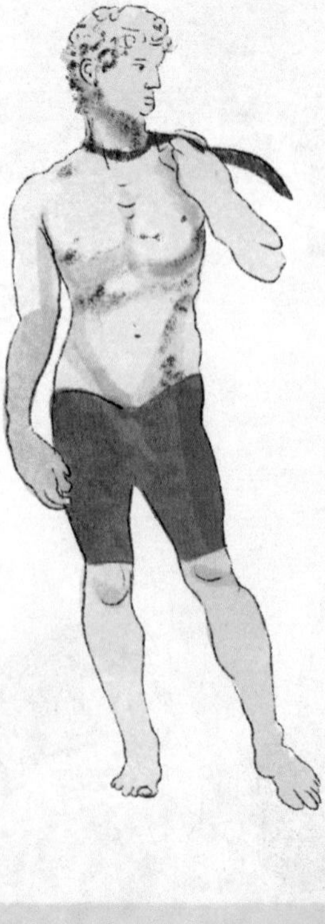

在可能小學裡，沒有不可能的事。

這是可能小學的校訓。

這所小學在捷運動物園站的下一站。

或許你馬上想到：動物園是終點站了，哪兒來的下一站？

真的，真的，如果你今天早上到動物園，當遊客下車後，你就會看到穿著藍金色外套的孩子，滿臉期待的準備到下一站。

五年級的尤瑩嘉在捷運車廂裡，展開桌遊社招生大作戰：「同學，我覺得你有一張『很桌遊社』的臉，今天放學後留下來吧？」或是：「來參加桌遊社吧，這是最酷的新時代社團喔。」

「不好意思，我已經參加機器人路跑社了。」

「這個……我其實比較喜歡魔法出爐社。」

這些是委婉的說法，大部分孩子連傳單都不收，直接說「不」。

唯一伸手的是隻猴子，牠剛從動物園跑出來，以為那張黃色傳單和香蕉有關係。

尤瑩嘉的爸爸開桌遊餐廳，而她是「再度神奇桌遊社」的社長，偏偏可能小學的桌遊社只有兩個社員，這對一個什麼都想贏的小女孩來說，簡直是致命的打擊。

「如果你會玩卡坦島，我就讓你參加再度神奇桌遊社，它是我從小最愛玩的遊戲！」尤瑩嘉對著猴子說，猴子舔了舔傳單，發現沒有香蕉味，憤怒的把傳單還給她。

車廂門一打開，牠拉著拉環，迅速擺盪出去。

尤瑩嘉嘆口氣，跟著大家走出車站。

可能小學禮堂前，熱鬧滾滾，今天是社團招生日，所有的社團都在這裡擺攤。

「再度神奇桌遊社」被安排在最裡邊，社裡唯一的社員史強生早早就到了。

「我們的社團竟然還有兩個人。」史強生向她報告：「你不覺得太神奇了嗎？」

尤瑩嘉給他一個苦笑。

沒錯，有兩個社員，一個是社長，另一個就是史強生，號稱歷史最強小學生。

「你歷史那麼厲害，請問再度神奇桌遊社，什麼時候會變全校最受歡迎社團？」

「歷史是記載曾經有過的事，還沒發生的事，你要請玄奇女巫社占卜。」

「我就知道你整天想去玄奇女巫社玩。」尤瑩嘉看了一眼手上的復興桌遊社計畫表，今天的社團招生日，她無論如何都得想辦法找人來試玩。

- ☑ 師資——找到指導老師成立社團。
- ☑ 社員——至少要有一名社員（史強生）。
- ☑ 招牌——再度神奇桌遊社。
- ☑ 開會——選出幹部，制訂年度計畫。
- ☐ 招社員——用最經典的十項桌遊，拉人試玩，擴大招募社員。
- ☐ 長期目標——社員人數，贏過倒數第二名的奇語花織社。
- ☐ 燈泡——要買四個省電燈泡。

尤瑩嘉看看他們的位置，她一點兒也不怕，她知道遊戲規則，只要招生順利，下回她就能讓桌遊社的排名和位置往前擠。

桌子四周，圍上了再度神奇桌遊社的海報，那是史強生的傑作，他除了歷史好，美術能力也很優。

桌子上已經擺了十盒尤瑩嘉精心挑選，全是網路票選、最受歡迎的經典款桌遊，她拿著自備的麥克風，一邊發傳單，一邊邀請人來試玩。

「『矮人礦坑』，你要拉幫結派，找出壞人；『米勒山谷狼人』是狼人殺的舊版，還有這個數字卡的『拉密』……」招生時間四十分鐘，她就喊了四十分鐘，好不容易來了個人，卻是他們的指導老師——在學生餐廳當廚師的老胡。

老胡幾年前就當過桌遊社指導老師，他身材高大，還留著帥帥的小鬍子，趁著學生餐廳還不忙，先來看看需不需要幫忙。

「績效不佳？」老胡問。

「看來今天的桌遊選錯了，明天我換別的遊戲來。」尤瑩嘉心裡打算，明天帶她最近剛買的桌遊來。

「那我明天再畫幾張海報！」只要能展現自己的優點，史強生很樂意多做幾件事，包括他現在扛著桌子、夾著海報回到桌遊社。

老胡幫忙放好了桌子，擺好了海報，忽然拉開遊戲桌的抽屜，拿出一個油膩膩的木盒。

「或許，你明天可以再加碼這個老遊戲。」老胡說。

尤瑩嘉可以保證，她和史強生把桌遊社裡裡外外整理很多遍了，那個遊戲桌抽屜，她更不知拉拉關關多少次，但什麼時候有這個髒兮兮的木盒了？

「這沒有人要玩吧？」尤瑩嘉十分懷疑。

「你不知道，」老胡捧著木盒的模樣，像拿著什麼寶貝似的：「我們胡家曾在塔克拉馬干沙漠裡當王。」

「所以你們家是貴族？」史強生眼睛一亮。

「說不定是什麼可汗王府。」尤瑩嘉電視可沒少看。

「你姓胡，我猜你是消失的胡人後代。」史強生搶著說。

「我們這個胡，可不是唬人的唬，我們這個胡……」

「是水壺？」尤瑩嘉猜。

「油壺？」史強生猜。

老胡搖搖頭，他們兩個異口同聲：「不會錯了，一定是尿壺！」

「我們老胡家來自沙漠民族，當年有千隻的駱駝隊伍，胡家經商

貿易不怕辛苦，夜深人靜，吹胡笳、烤胡椒餅，還跳胡旋舞，」老胡舉起木盒：「這個寶貝是從前旅人休息時的娛興節目，它來自幾個世紀前的歐洲大陸，由我的祖先買入，原主人據說是佛羅倫斯的公主。」

說到公主時，老胡的神情多麼自傲，要不是他腆著大肚腩，穿著白汗衫，不然，那模樣簡直就像是一個國王。

「這個國王」用汗衫仔細擦拭木盒，原本沾滿油污土泥的木盒，出現一點金光。

尤瑩嘉眼睛睜大了，史強生放下招生海報，一起看著老胡擦木盒，擦擦擦，木盒表面被擦乾淨了，看來頗有年代，盒上用金漆畫了一座大教堂，銀線勾出幾個歹徒潛伏四周，描金的古老字體寫了一行大字，老胡解釋，意思是「綁架米開朗基羅」。

「米開朗基羅，是文藝復興三傑之一，」史強生展現歷史最強小學生的本事：「另外兩傑是達文西和拉斐爾，主要發生地在義大利的佛羅倫斯，這座教堂……難道是聖母百花大教堂？」

「『綁架米開朗基羅』？這款遊戲我從來沒聽過。」尤瑩嘉立刻打開手機查了一下，有二十二萬筆資料，卻跟遊戲本身沒有關係。

「這怎麼玩？」尤瑩嘉問。

「老胡家寶貝堆成山，誰有空研究怎麼玩？你是社長別嫌難，好好研究看看，如果好玩，或許能多招幾個社員，好啦，我回餐廳準備賣午餐，你們知道怎麼玩，再來教我玩！」老胡講話，就像個饒舌歌手，一張口就是 rap 似的一長串。

「你是指導老師吔！」史強生喊著。

「我們自己想辦法吧！」尤瑩嘉最愛玩桌遊，尤其是這種沒聽過的老遊戲。

她打開盒子，裡頭有張寫滿字的皮質說明書，幾十塊圓形圖板，四個石刻小人像，一白三黑，石像觸感光滑。

尤瑩嘉研究說明書，史強生檢查圖板，它們有一面統一畫著聖母百花大教堂，另一面被人畫了各種圖畫或雕像。

「大衛像？創世紀？聖觴？這些都是米開朗基羅的作品……」

史強生號稱「歷史最強小學生」，其實也是「體強生」和「美強生」，米開朗基羅的作品他很熟，歷史結合藝術，再加上旅遊要體力，史強生很希望長大能當個導遊，環遊世界。

史強生看看那些公仔，它們是人工雕刻的，公仔線條簡單俐落——三個歹徒看起來歪鼻、邪眼、闊嘴，米開朗基羅鼻子也有點扭曲，造型都很古樸逗趣。

「我好像弄明白遊戲怎麼玩了。」尤瑩嘉讀完那張皮質說明書，把那些圓形木牌翻過來，洗一洗，將它們排成一圈，石刻的人像有四個，分別代表三個綁匪和米開朗基羅。

身穿白袍的是米開朗基羅，他的身材瘦高好認；穿著黑袍的歹徒手裡有刀，這遊戲能讓四個人玩，大家站在圖板上移動，是追逐加記憶的遊戲，翻對作品就可以持續前進，翻錯了，就換人前進，追到米開朗基羅，只要能越過他，遊戲就結束了。

「這麼簡單？」史強生問，「好像『落跑雞』。」

落跑雞也是翻圖卡比記憶的遊戲，只是「綁架米開朗基羅」加了歷史和藝術的元素。

「規則簡單，玩起來千變萬化，就是好桌遊，我們只有兩個人，恰好一個當米開朗基羅，一個當綁匪。」尤瑩嘉讓史強生把米開朗基羅的作品先看一遍，然後把它們蓋起來，二十張遊戲圖板，要一次記住不容易。

他們太認真在記憶圖板上的圖案了，根本沒注意，再度神奇桌遊社有隆隆聲響，地板也微微的顫動，直到史強生抓起他的米開朗基羅，答對西斯汀教堂的創世紀、大衛像，眼看又要逃出尤瑩嘉的追捕時，他們同時感覺到了風。

四面緊閉的屋子裡，哪來的風？

目錄

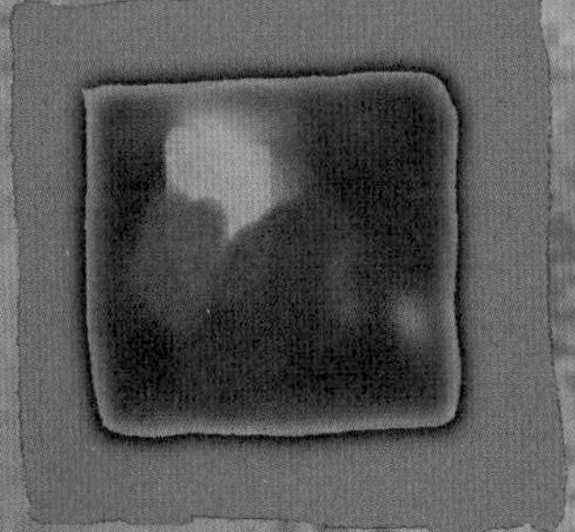

人物介紹

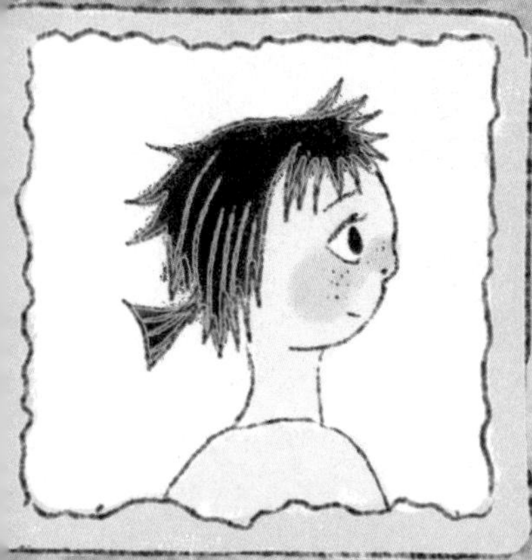

老胡

學生餐廳烤胡椒餅的廚師，也是夜市兼職賣胡椒餅的大叔，還好他的鬍子修得很有型，不然看起來很像賣豬肉的屠夫。老胡說話像在念饒舌，今年再度被聘為可能小學桌遊社指導老師。

尤瑩嘉

可能小學「再度神奇桌遊社」的社長，家裡經營桌遊餐廳，只要玩遊戲，她每一場都想贏。在她升上可能小學五年級的第一天，她只在乎一件事：加入桌遊社，重新擦亮桌遊社的招牌。

史強生

號稱歷史最強小學生，他也是「體強生」和「美強生」，體育、美術都很強。從小就對歷史著迷，因為歷史社額滿了，在校長的強力介紹下，成了可能小學「再度神奇桌遊社」唯一的社員。

米開朗基羅

文藝復興時代，最著名的藝術家之一，雕刻、繪畫都精通。他是天才，卻不擅長處理人際關係，樹敵頗多，結果在他刻的大衛像即將運到皇宮之前，引來歹徒覬覦……

謙虛賈遜

樞機主教，自稱神的僕人，其實驕傲自大脾氣壞。主教很有錢，才能把教堂蓋得那麼美，錢來自他販售的贖罪券，「一個弗羅林不嫌少，十萬個弗羅林不嫌多」，誰有見不得人的罪行，都可以找謙虛賈遜。

公爵大人

是名為「星之軍團」的雇傭軍團指揮官，只要有交保護費，他就會派星之軍團保護您，不管是個人、學校還是城市。拿到的錢太多，他請人幫他刻

帥帥的雕像，蓋又大又豪華的屋子，文藝復興這麼美，公爵大人也有出錢出力喔！

內羅拉主教

堅持樸素，認為對上帝的愛，不需要浮誇的雕像，不必有那些華美的裝飾，他找到與米開朗基羅有仇的達美樂與速庫達，三人策劃了一場驚天動地的陰謀，只要成功，就沒有什麼文藝復興時代……

1 米開朗基羅不洗澡

「小石頭，拉緊了沒？」

「小石頭，綁好了沒？」

誰是小石頭？他要綁什麼？說話的人又是誰？史強生還有個疑問，桌遊社怎麼會有風？風從四面八方亂颳，他們緊緊護著桌子上的遊戲圖板和石像，但是風實在太強，圖板一張張飛上天，連同木盒、石像、皮質說明書和桌子。

「小石頭，小心風啊！」喊叫的聲音突然變得清楚，像是誰把收音機的頻率調好了。聲音來自頭頂——奇怪了，他們頭上竟然多出了一個架子，這明顯像個四五層樓高的鷹架，中間有個雕像，幾個人正在忙著抓這抓那，還有個身材特別瘦小的人，死命拉著一條繩子，咻一聲……

「啊！」那人在風中大叫著。

「米開朗基羅，小石頭被風颳走了！」四周的人喊。

尤瑩嘉問：「什麼米開朗基羅？」

一個爆竹般的聲音在她頭上響起來：「我就是米開朗基羅！你是新來的學徒嗎？快拉緊繩索！底下那個誰？別偷懶不工作！」

「我嗎？」史強生抬頭看了一下，那人更生氣了：「當然是你！還有旁邊的那個傻丫頭，拉好繩索，做好分內工作，揭幕盛典就缺雕像一座！」

「剛才有人說，小石頭被風吹走了。」史強生想起來。

「既然是石頭，總有一天會墜落，就像天才，

不會在世上寂寞！」人高馬大的米開朗基羅，一頭亂髮，鼻子有點扭曲，他在架子上爬來爬去，彷彿那是他的家，他就住在架子上。

「他……他是米開朗基羅？」史強生不敢相信自己的眼睛：「我剛剛和米開朗基羅說話？」

「因為……因為在可

能小學裡，沒有不可能的事！」說到最後一個字時，尤瑩嘉興奮的尖叫起來，她看看四周，鷹架外還圍了一圈木板，頭頂可以看見藍天，有一個人抓著繩子在空中搖搖擺擺，架子上的人想把他拉下來，但是風太大，那人怎麼樣都拉不下來，甚至連其他人也可能要被吹上天了。底下的人頂著木板，它們被風吹得嘎啦嘎啦響，眼看風也要颳走他們了。

「來幫忙！」那些人朝著史強生和尤瑩嘉大叫，風的力量很大，它一直想進來。

木槌錚錚鏦鏦，史強生使出全身力氣和風對抗，風把尤瑩嘉的頭髮吹成亂草，但只要拚命的頂著，用背把風壓回去……

頑強的風，不肯放棄，它拚命的推，拚命的推，想進來。

史強生用背擋，用腳幫忙，直到那力道變小了。

是板子被釘牢了？

還是風漸漸弱了？

史強生終於有空打量四周，他和尤瑩嘉的衣服變成了灰色粗布長袖，配上黑色長褲，身邊的人也是這種打扮。他們眼前的這個空間正在「移動」，而鷹架裡是個成熟健美的青年雕像，身體看似優雅放鬆，眼神卻銳利逼人，它是……

「大衛像！」史強生大叫。

他們剛剛還在背桌遊裡的那張大衛雕像的圖卡位置呢，而現在，他們就在米開朗基羅的時代？

和上回去大航海時代一樣，他們穿越了？等等，他們剛才遇到米開朗基羅，難道來到文藝復興時代了？

「我們要怎麼回去啊？」史強生記得，他們上回是完成了手上牌卡上的任務才回得去，但這回的桌遊可沒有任務卡啊，「我們只是在玩『綁架米開朗基羅』桌遊，難道真的要去綁架他？」

「不，我們是要脫離歹徒的綁架。」尤瑩嘉從小就玩桌遊，很輕易就看懂遊戲規則，這是她必勝的關鍵，只是她抬頭看一眼大衛像卻不太懂：「那雕像沒穿衣服！」

「這是一種解放，我把大衛從大理石裡解放，佛羅倫斯從此增加一道優雅的光！」高大的米開朗基羅從鷹架上跳下來。他的鼻子好像要打結似的扭曲著，他解釋：「既然解放，何需衣裳？」

兩個孩子聽他說話，同時想起老胡。老胡也是這樣，一說起來就沒完沒了，還帶押韻。

「妨害風化。」尤瑩嘉踢了架子一腳：「這樣很不好看耶。」米開朗基羅急忙制止她：「那個誰！你再亂踢會後悔！」

「我叫做尤瑩嘉，不叫那個誰。」

「你叫誰不重要，重要的是，你如果碰到『踢一腳全倒』，這架子真的會倒。」米開朗基羅指著鷹架邊，一個三角形的棍子說：「這是我的天才設計，只要踢這裡，鷹架朝四面八方倒下去，再把圍著的板子壓下去，而我的大衛就會……」

「沒穿衣服，光溜溜的出現在大家面前。真的是超級裸露，像變態耶！」尤瑩嘉氣呼呼的說。

「天才的想法，蠢才只覺得像魔法，大家再趕工一下，那個誰和這個誰……」米開朗基羅指著他們：「配合大家，別在旁邊鬼吼鬼叫的，我們必須在太陽下山前，把大衛像擺到皇宮門口。」

「我是尤瑩嘉，他是史強生，我們都是可能小學的學生，不是什麼學徒，更不是『那個誰』。」

「在天才眼中，凡人皆是蟲。」米開朗基羅指著大衛像：「當年有個蠢材，他說這塊石材有條裂縫不能用，哼，大衛明明在石材中，可惜世人皆是蠢材，解放石材的重責大任，還是需要天才！」

米開朗基羅激動的在架子上上下下，尤瑩嘉忍不住捏住鼻子問：

「天才，你幾天沒洗澡了？」

「洗澡？」米開朗基羅想了想，比出三根手指。

「才三天沒洗澡？不可能這麼臭……」

「我三個月沒洗澡。」米開朗基羅得意的說：「那次洗澡是被教宗逼去的，真是浪費時間，天才的時間寶貴，耽誤時光真可悲！」

四周的人竟然跟著他大聲朗誦：「時間寶貴，浪費可悲！時光太美，可別浪費！」

「對啦，你天才，」尤瑩嘉的口氣像個媽媽：「不洗澡的天才！」

「洗了澡還要刷牙洗臉，會花掉太多時間，光陰有限，想多留作品在人間，就得把握時間，別忘了，臭是天才的象徵，越臭的藝術家越有名。」

他說到這兒，四周的人跟著歡呼：「臭是天才的象徵，越臭的藝術家越有名！」

2 謙虛賈遜

「米開朗基羅？米開朗基羅？」行進中的板子被人推開了，一群穿著黑色修士長袍的男人闖進來，帶頭的人是個胖呼呼的老頭。胖老頭穿著紅袍，戴著鑲了寶石的高冠，滿臉橫肉，看起來很凶。

「米開朗基羅？米開朗基羅？」胖老頭不斷的喊著。

米開朗基羅聽到他的聲音，立刻從架子上下來。

「樞機大人，我衷心歡迎您大駕光臨，只是雕像正在移動中，我擔心滿天石粉，惹得您不開心，或是學徒們的愚蠢，頂撞了您，讓您憤恨！」講到學徒時，米開朗基羅還特別看看尤瑩嘉和史強生。

「頂撞我有什麼關係呢？我是謙虛賈遜，」胖老頭拍拍肚皮：「有什麼好計較的，最多讓他去教會關上一年，再愚蠢的學徒，也會在上帝的聖堂裡，得到救贖與原諒！」

胖老頭說到這兒時，完全不像在開玩笑，跟他來的那群人卻一臉笑容，人人讚嘆著：

「謙虛賈遜，名不虛傳。」

「謙虛賈遜，彰顯神愛。」

「想買贖罪券，快到謙虛賈遜這裡來。」

「唉呀，這是什麼場合呢！談什麼贖罪券？不過呢，想上天堂的朋友，不管是天才還是學徒，買點兒贖罪券，挺划算的，一個弗羅林不嫌少，十萬個弗羅林也不嫌多，有什麼見不得人的罪行，用贖罪券，可以洗清自己的罪孽。好了，各位，如果真想買贖罪券，找我的助理吧。」謙虛賈遜笑呵呵的拍著肚皮：「我先欣賞雕像吧，等它到了皇宮，大家都來看天才大師的傑作，我想看就難了！」

「大人想看，我們都會退開，」跟著他來的黑袍修士們齊聲說：「讓您的眼前，像平原一樣開闊啊！」

「那怎麼行？謙虛賈遜是神的僕人，跟平凡百姓一般，」胖老頭語調變快了：「我蓋宏偉的教堂，彰顯神的無所不能；我捐美麗的禮拜堂，顯示我對神的真心，我只是神謙遜的僕人，即使身為這個雕像的贊助人，還是堅持把大衛像擺到室外，謙虛賈遜不想邀功，大

家看到它，不會知道這是我謙虛賈遜贊助的。」

黑色修士有如合唱團，他們的聲音再度響起來：

「謙遜賈遜真是太謙虛！」

「謙遜賈遜大名永流傳！」

「佛羅倫斯的美麗，都是您的功蹟！」

謙虛賈遜在讚揚聲中，繞著鷹架走了一圈，眉頭卻越來越皺，彷佛遇上天大的難題。

「米開朗基羅，你有刻出我對神的無限敬仰嗎？」

「他的姿態，展現了您對神的崇拜。」米開朗基羅說。

「崇拜是錯的，」謙虛賈遜說：「我們對神只能敬仰。」

「對對對，是敬仰，我用錯詞了。」

「等等！那個鼻子！我覺得大衛的鼻子有一絲絲的高傲，我是謙虛賈遜，全佛羅倫斯人都知道的事，我贊助的雕像，不能有一絲一毫的高傲！」

米開朗基羅做了個長長的呼吸，史強生知道他一定很生氣，但又不敢生氣，他爸爸每回和媽媽「討論」事情時，就常做出這種深呼吸的動作。

「我……我刻的是大衛堅毅的樣貌，他堅毅的望著敵人——那個哥利亞巨人。大人，那不是高傲。」

謙虛賈遜邁著步子，繞著大衛雕像轉，後頭緊跟那群黑袍修士，他邊看邊搖頭，後頭的修士也跟著搖頭又嘆氣，尤瑩嘉覺得有趣，謙虛賈遜突然一停步，黑袍修士也全都急忙停下腳步。

「依我謙虛的看法，他就是有那麼一點點高傲，你最好現在修一下，不然，我不能付你全額的費用。畢竟，它不夠謙虛！」

「大人說得對極了。」一個黑袍修士說。

「有點高傲！」另一個黑袍修士說。

「要修不修由著你，給不給錢看大人。」所有的修士說。

米開朗基羅的臉脹紅了，垂著的手握緊了拳頭，他又做了一次長長的呼吸，正要說話，尤瑩嘉搶著說：「剛才你說你是天才，我們這些人都只是『那個誰』；現在有一個『那個誰』說一句話，你就真的去改作品嗎？」

米開朗基羅忽然像個瘋子，拿著錘子和雕刻刀衝到架上，大吼著：「外行人！你只是個外行人！」

他現在是在說尤瑩嘉嗎？史強生覺得他更像在罵謙虛賈遜。

謙虛賈遜的胖臉笑了：「不錯，不錯，米開朗基羅，其實只多了那麼一點點的高傲，你把它敲下來，就會跟我一樣的謙遜有禮。」

敲下來！敲下來？大衛像不能敲一點鼻子下來，史強生腦海裡閃過一個想法，他抓了一把石屑，爬到架子上：「我來幫你！」

「天才還要你幫忙？」米開朗基羅揮舞著錘子：「連小孩都想教我謙虛？」

「你想修掉高傲，真的需要幫手啊！」史強生把石屑往大衛的臉上一灑，用錘子把架子敲得噹噹響：「哇，你修得真好啊！」

米開朗基羅想制止他，史強生卻朝下頭的人問道：「大人，米開朗基羅大師問，現在大衛看起來還高不高傲？」

滿天石屑，紅袍主教邁著步子，繞了一圈又一圈，後頭的黑袍修士緊跟著他，他們抬頭檢視，左看又右瞧。

米開朗基羅被他們看得莫名其妙，直到最後，謙遜賈遜一手搓著下巴，終於點頭說道：「大衛謙虛多了！」

那群隨從喝起采來：

「對對對，大人說得對極了。」

「澈澈底底的謙虛有禮。」

最後他們齊聲喊著：「經過謙虛賈遜大人指導，大衛才能刻得這麼好啊！」

在眾人的歡呼聲中，米開朗基羅搔著頭，跳下來。

尤瑩嘉拉住史強生：「他真的把大衛的鼻子敲掉？」

史強生揚揚手上的石屑粉：「敲敲架子，灑灑石粉，大衛現在好『謙虛』啊！」

這一說，尤瑩嘉也懂了，跟著大家拍手歡呼，慶幸雕像沒毀在一個不懂藝術的「那個誰」身上。

3 指揮官公爵大人

在滿場歡呼聲中，謙虛賈遜讓大家安靜。

「米開朗基羅，雕像到廣場之前，你趕快派人告訴他們，要把人群隔開，別讓粗莽的人碰倒我們共同合作的雕像了。」

「共同合作……？」米開朗基羅愣了一下，幸好他立刻想起來：

「謝謝大人幫忙，讓這尊大衛像收斂了驕傲的光芒！」

「雖然雕像是我幫你完成，但是，大家都知道，像我這樣虛心，從不求名利的人，是不會把這個『小祕密』告訴大家的。只是我擔心廣場人太多，大家都想來看我們一起完成的作品，你最好派個人去通知侍衛，維持秩序！」

謙虛賈遜說到這兒，停了下來，兩手拍著肚皮，靜靜等著。

一秒、兩秒、三秒，黑袍修士像應聲蟲般：「米開朗基羅，你派人去了嗎？」

「大人手下的修士那麼多位，何不派他們幫忙跑跑腿？」米開朗基羅問。

「我的手下事情多，可沒空管這種小事。」謙虛賈遜說。

「沒空管，沒空管，你還不快派人去管！」那群修士催促。

米開朗基羅看了史強生一眼：「你和她剛來，留在這裡幫不了忙。你們去皇宮前的廣場，請公爵大人帶侍衛把人群隔開。」

「我們？」尤瑩嘉嚇一跳，「我們的任務還沒完成……」

「太好了！」史強生早想到外頭走走，雖然能跟大衛像待在一起讓人激動，但是難得回到文藝復興時代，他更想離開棚子。

「可是我們還沒想到怎麼過關啊……」尤瑩嘉偷偷的說，「會不會我們真的要綁架米開朗基羅？那就更不能離開。」

「這裡這麼多人，我們怎麼綁得走他？還是利用機會，去看看文藝復興時代吧。」史強生拉著尤瑩嘉，問清楚路線後，就要跑出去。

謙虛賈遜特別叮嚀他們：「記得告訴大家：謙虛賈遜贊助的大衛雕像要來了，而且，這座集合了謙遜與正直的雕像，是由米開朗基羅和謙虛賈遜共同雕刻的，知道嗎？」

尤瑩嘉要他放心：「您是說，謙虛賈遜贊助的大衛雕像要來了，而且，這座集合了謙遜與正直的雕像，是由米開朗基羅和謙虛賈遜共同雕刻的。大人請放心，我是可能小學五年級倒背唐詩比賽冠軍，沒問題！」

謙虛賈遜滿意了，告訴她：「我的名字前再加上神的僕人，應該就可以了。」他的大手一揮，尤瑩嘉和史強生立刻跑到外頭去。

對史強生來說，能在歷史的關鍵時刻跑一跑，逛一逛，這是他最期待的事。

推開板子，外頭風很大，他不由自主停了一下。

遠方，木盒上畫的大教堂就在不遠處，紅色的穹頂在藍天下發著

光，近處，街道平坦、寬闊，就像個現代化的城市，周遭建築裝飾得華麗又優雅。雄偉的廊柱，細緻的雕刻，不管是房子還是教堂，每一棟都是富麗堂皇，看起來就像是一件大型藝術品。

「好到不像是真的。」尤瑩嘉說：「就算我有再多舌頭，也形容不出這裡

的美。」

「別光看著天上，小心你的腳下。」史強生一把拉住她，閃過一坨被大風吹過來的可疑物體，黃黃的，稀稀的，聞起來臭臭的，應該是……

「便便？」

尤瑩嘉剛說完，頭上又有什麼物體落下來，啪的一聲，又是一坨臭哄哄

的排泄物。

平坦的街道，宏偉的建築，這時代的人，家裡沒廁所嗎？街道邊，處處是臭臭的排泄物，還好大風吹淡了這種臭味。

街上滿滿的人潮，馬車充斥其間。

穿著高貴長袍的僧侶，套著便宜布料的人們，他們一邊拉緊衣服，一邊高談闊論；販售各種物品的小販、牧師或穿著漂亮服

飾的太太、小姐們穿梭其間，中間還有駿馬，拉著成匹成匹的布料、一桶一桶的酒或穀物，嘎嘎響著前進，這是個繁忙華麗又臭氣沖天的城市。

「我們先完成米開朗基羅交代的任務……」尤瑩嘉停下腳步：「會不會這就是過關的任務？」

史強生的眼光離不開兩旁的建築，他讚嘆那些教堂、集會所和各式各樣的壁飾、雕塑：「我們能不能就留在這裡，哪裡也不去？」

「不行，過關要緊！」尤瑩嘉的腦裡像裝有導航地圖，筆直朝著廣場前進，她只想贏，不想浪費時間在那些「再過幾百年，也依然存在的建築」上。

廣場在人滿為患的街道盡頭。

幾百個工匠在廣場上敲敲打打，一邊在拆教堂，一邊在建教堂，風吹起粉塵，白霧瀰天。

拆教堂的，聽說是為了讓廣場有更大的空間。

建教堂的，聽說是公爵大人沒有自己的禮拜堂。

不管拆教堂還是建教堂，都必須在一大群看熱鬧的人潮中施工。

聽說他們要找公爵大人，所有的人安靜了一下，有志一同朝著廣場中間一指：「噴水池邊，騎馬拿刀的就是公爵大人。」

公爵大人身材魁梧，肌肉厚實，他披著斗篷，斗篷在風裡飄揚，配上銀色護甲，樣子威風極了。

另一旁有個超大畫架，一個瘦小的畫家正站在椅子上幫他畫人像，四個僕人幫忙按住畫布，免得被風吹跑。四周當然圍了更多人，不過，有十幾個士兵幫忙擋住人潮。

「這樣子好看嗎？」公爵大人帥氣的把長刀向右一揮，看熱鬧的人們拍拍手。

「這樣子英俊吧？」公爵左手一揮，斗篷在狂風中颯颯響，大家又拍了拍手。

那個畫家這邊還沒畫好，公爵大人已經再次換了新姿勢，他可憐兮兮的喊著：「很好很好，您擺的姿勢好極了，但是能不能……能不能……」

尤瑩嘉什麼都想拿第一，連「穿過人群」這種事，她也不想輸給史強生。

她擠到前頭，恰好聽到畫家的話，乾脆幫他往下接：「你能不能乖乖別動？」

「為什麼？」公爵大人有些驚訝。

「你像蚯蚓那樣動來動去，誰能把你畫好啦！」

「你又是誰啊？」公爵大人有點生氣。

「我是可能小學的學生尤瑩嘉，我負責來告訴您，神的僕人謙虛賈遜贊助的大衛雕像要來了，而且，那座集合了謙遜與正直的雕像，是由米開朗基羅和謙虛賈遜共同雕刻的，廣場上的人太多，要請您派士兵維持秩序。」

公爵大人哼了一聲：「我正忙，沒空管廣場的事。」

「可是大衛的雕像就快來了，那個雕像非常……」史強生不得不再次提醒他。

公爵不等史強生說完：「什麼大貓大狗的雕像都想擺進來，把這廣場塞滿了二流的作品，真正的偉人放哪兒呢？」

「公爵大人說得對。」畫家暫時停下筆，諂媚的說：「您帶著軍隊，勇敢保護佛羅倫斯城的偉大成就，那是古往今來，沒人能比的，廣場應該要放您的雕像才像話。」

廣場上突然安靜，除了不懂事的風，還在呼啦啦的吹呀吹，一旁看熱鬧的人、蓋教堂的和拆教堂的工匠，連擠進來賣零嘴的小販，全在畫家的指揮下，合力念頌：「您像亞歷山大帝，也像凱薩大帝，還有像……」

下一句是……

風繼續吹，把一隻鴿子吹落在尤瑩嘉腳邊，人們張大了嘴，想不

出該講什麼了。

還好，史強生歷史強，他提醒大家：「屋大維？」

畫家的手一揚，滿廣場的人們異口同聲：「就像羅馬皇帝屋大維。」歌頌完，叮叮咚咚，繼續拆教堂、蓋教堂，大風把粉屑吹得滿天飛揚。

約翰公爵終於正眼看著他：「你又是誰啊？」

「我是史強生，歷史最強的小學生。」

公爵大人沒讓他把話講完：「我是問，你是誰？哪裡來的？」

「我們都是可能小學的學生，我剛才說過了。」尤瑩嘉說。

公爵大人揮著長刀：「有交保護費嗎？」

史強生想想：「我們學校應該沒有編那種經費。」

「沒有我們雇傭軍的保護，他們怎麼可以收學生呢？」

「我們只是一間學校。」

「讓你們學校管事的送錢來，我就派星之軍團去保護他們。」

尤瑩嘉不太懂：「什麼是『管事的』？」

史強生猜：「他說的應該是校長。」

公爵大人又換了個姿勢：「你這孩子很上道，我可以打個折，如果你們管事的不想給也行，讓你們那個什麼不可以小學……」

尤瑩嘉糾正他：「是可能小學。」

約翰公爵調整一下坐姿：「如果你們那所學校願意幫我立個雕像也可以啦，很多城市都搶著幫我立雕像，米蘭、羅馬、威尼斯，處處都可以看到我英勇的造像。我們雇傭兵最講道理了。當然啦，這個雕像不能亂刻亂擺，要有文化，要向歷史看齊，依我看最好是希臘式的，如果你們找個好一點的藝術大師，把我的雕像加入宙斯啦、阿波羅啦、或是什麼海力克斯元素……」

「還有拿破崙。」史強生補充，他們都是歷史上有名的人。

「拿破輪子？」公爵不太滿意：「我可不要！」

「我是說法國的拿破崙。」史強生說完才想到，這個年代拿破崙還沒出生。

還好，公爵大人依然不滿意：「我不拿輪子，我比較喜歡拿刀拿槍，你們把我的雕像放在學校大門口，大家都說我拿刀時像凱薩，騎馬的樣子像亞歷山大，肌肉有宙斯的味道，我的鬍子像阿波羅，唉呀，說起我的鬍子……喬尼？」

一個士兵跑出來：「指揮官，有什麼事？」

「喬尼，把我的美髮師找來，今天風太大，讓他把我的鬍子修一修，我要修得像阿波羅，還有，那個什麼大威大貓大狗的雕像要來了，你快傳令，讓他們把廣場清出一塊地方來！」

4 擊鼻手達梅樂

趁著公爵大人吩咐喬尼的空檔，史強生拉著尤瑩嘉退到人群外。難得來到義大利，這麼好玩的機會，不能只看著公爵大人在他們面前耍帥，他想去逛逛幾百年前的佛羅倫斯。

「你別只想著逛街啊，我們還不知道怎麼回去呢！」尤瑩嘉想不出破關的方法：「我們上回玩航海冒險，每一關都有任務卡，完成任務就能回去，這次要綁架米開朗基羅，你說，我們是不是現在該回去棚子裡抓他？還是要留在這裡等他？」

「別著急！我還想見見達文西，我也還沒去聖母百花大教堂，我們應該先逛！」

「過關要緊！」

「逛逛也很重要！」

他們的聲音不大，卻吸引了兩個叔叔注意，一個光頭，一個長鼻子，兩人一搭一唱：

「想逛佛羅倫斯，我們可以當嚮導。」光頭叔叔說。

「全程免費，講解精采，絕無冷場。」長鼻叔叔說。

「你們是志工嗎？」史強生問。

「沒痣，沒痣，我的臉上沒有痣。」光頭叔叔解釋：「我們只是熱心人士。」

「請跟著我們的腳步往前走，這裡叫做領主廣場，是佛羅倫斯最熱鬧的地方。」長鼻叔叔指著剛才的廣場：「再往前，就是你們來的方向，聖母百花大教堂就在那裡，它是佛羅倫斯的標誌，我們現在回去，還能看到天堂之門。」

「那棟教堂我們知道，」史強生停下腳步：「學校老師說過，不能跟陌生人走。」

光頭叔叔一臉正經：「我們不是陌生人。」

「我們是熱心的公民，誠實的好人。」長鼻叔叔像在唱歌劇似的：「小男孩，你聽我說，百花大教堂其實蓋了很久很久，中間曾經停工好久，那是因為，米蘭和佛羅倫斯打了十幾年的戰爭……」

光頭叔叔補充：「佛羅倫斯最重要的梅第奇家族，他們的大家長科西莫，砸下重金，雇用大量失業的勞工，才終於把教堂的大穹頂給蓋起來。」

「梅第奇家族？」史強生聽過這名字：「文藝復興好像就跟他們有關係。」

「什麼文藝復興？」光頭叔叔沒聽過。

「什麼文藝復興不重要，重要的是佛羅倫斯城裡，處處是他們的家徽，也就是說，這裡處處是他們的勢力範圍。」長鼻叔叔的手指著旁邊的教堂，正面的牆上，有個盾牌狀的裝飾，上頭有六顆小圓：「那就是他們的家徽。」

「看起來像賣藥的藥局。」尤瑩嘉笑。

光頭叔叔誇張的搖頭：「什麼藥局？那是梅第奇家族最偉大的傳說，他們的祖先和巨人作戰時，手裡的盾牌，被巨人猛烈撞擊留下的凹痕，這是皇帝親自賜給他們的標誌。」

他們在狂風中，邊走邊比劃，口若懸河，恨不得把佛羅倫斯最美的一面全展現出來。

教堂、洗禮堂、皇宮和涼廊。

雕刻、繪畫和噴泉……

「請往這邊來。」兩個叔叔彎腰做個「請」的動作。

他們穿過擠滿馱馬、馬車的街道，進入一條長巷，這裡彷彿是另外一個世界，建築緊逼、光線昏暗，人一樣很多，卻傳來各種刺鼻氣

味，肢體殘缺的乞丐、渾身珠光寶氣的阿姨、一身酒氣與尿騷味的酒鬼，他們都伸長了手，想拉住這兩個孩子。

那兩個叔叔不斷把人推開，好不容易拐進一條更小的巷子。這裡人少了，吵雜的聲音遠了，巷底有棟爬滿綠色植物的教堂。

那棟屋子有什麼呢？佛羅倫斯最美的壁畫？還是有教堂裡最神聖的雕刻？他們滿懷期待的走過去，門口有個短髮、又瘦又高的男人。

短髮男人的神情嚴肅。

「哦！兩位孩子，容我介紹偉大的內羅拉主教。」兩個熱心叔叔介紹，「內羅拉主教對信徒特別的好，請跟我來。」

從外頭看，這座教堂不大，走進去才發現，它的空間至少有三間教室大，四周牆面空空盪盪，沒有任何裝飾，正對著門的牆面，有個十字架型的窗，陽光把地上照出一道白色十字架。

兩把厚重的石椅，擺在十字架兩旁。

尤瑩嘉看了這麼多華麗的建築後，突然走進一個樸實無華的空間，她有點不習慣：「這間教堂並不美啊，它應該是全佛羅倫斯醜教堂第一名。」

史強生問：「它是不是有特別的歷史地位？」

「沒有！」內羅拉主教的話不多。

兩個熱心的叔叔指著石椅：「這個教堂的美，只有你們坐上椅子之後才知道。」

史強生聲音顫抖著：「這真的可以坐？文藝復興時代的古物耶！」

「你們別客氣，把這裡當作自己家，這椅子哪是什麼古物？前幾

天剛訂購進來的，你們今天走這麼久也累了吧？」長鼻叔叔說。

「那我就不客氣了。」尤瑩嘉跳上石椅，椅面沁涼，扶手轉折圓潤：「史強生，很好坐喔！」

「叔叔，你們不累嗎？老師有教我們要懂得敬老尊賢，椅子只剩一把……」

光頭叔叔把史強生一壓：「我還沒老，你別擔心我們，我幫你揉揉肩，舒服一下。」

「叔叔，你人真是太好了，但是……你幹麼綁住我的手啊？」史強生的手被勒緊了，尤瑩嘉也在叫，長鼻叔叔也把她綁起來了。

內羅拉板著臉，盯著他們。

「這是這次課程的一部分嗎？」尤瑩嘉不敢置信：「可能小學的課

程有綁架？」

「什麼課程？」內羅拉哼了一聲：「內心不潔的人，才需要上什麼課程；單純的信徒，只要最簡樸的聖光與十字架。」

長鼻叔叔指著光頭叔叔，說：「他是速庫達，我是達梅樂，你們知道我們是誰吧？米開朗基羅應該常拿我們出來說嘴！」

歷史最強的小學生搖搖頭：「我沒聽說過！」

他說的是實話，旁邊的光頭速庫達卻咆哮著：「米開朗基羅沒提過擊鼻手？」

「擊鼻手？」

達梅樂大笑：「你們沒看到米開朗基羅的扭鼻子嗎？那又長又醜的鼻子啊！」

「扭鼻子？」他們倆齊聲問。

「米開朗基羅的鼻子那麼扭曲，就是達梅樂這麼一拳的結果啊。」說到這裡，光頭速庫達揮空擊出一拳：「讓我遇到了，我也會給他這麼一下子，讓他的鼻子再多扭一圈！」

長鼻達梅樂笑著說：「那該怪扭鼻子自己，當年

我們都在畫室裡學畫，扭鼻子羨慕我畫得好，嫉妒我比他天分高，處處排擠我，哼，我就朝他的鼻子來這麼一拳，米開朗基羅就變成一個醜得不能再醜的扭鼻子啦。」

光頭速庫達揮著拳大叫：「達梅樂是佛羅倫斯最強的擊鼻手，誰也擋不了他的拳頭。」

尤瑩嘉問：「你害米開朗基羅變成醜八怪，你還生他什麼氣？」

光頭速庫達停下拳擊動作：「達梅樂那時候只是個孩子啊，失手打了他一拳，那個扭鼻子去投靠梅第奇家族，他們將達梅樂放逐，終身不得回佛羅倫斯。」

達梅樂望著他們：「我被趕到異鄉，遠離親人，成了無根的遊魂，這都是扭鼻子害的！」

「米開朗基羅是天才，」尤瑩嘉想起大衛像：「那個雕像，你們還沒看過吧？」

達梅樂嫌惡的朝地上吐口水：「哼，什麼天才？」

「我們都見過大衛的雕像，米開朗基羅說，那塊石材原本細細長長的，放在採石場好多年，大家都沒辦法刻它，只有他一眼就看出那塊大理石的好，」史強生的手被抓著，壞人想把他的手綁起來，史強生兩手交疊，用力推出一點空間，他還不忘抗議：「誰能跟米開朗基羅相比呢？」

啪的一聲，速庫達憤恨的往石椅上一拍：「誰說沒人想刻的？別人正在構思下刀的方法，扭鼻子搶在別人之前下的刀，這個小偷！」

「你怎麼知道？」尤瑩嘉很好奇。

「速庫達，你告訴他！」達梅樂喊著：「你就是那個人！」

史強生問：「我們聽說，大理石上有道裂痕……」

「我已經設計好了，我的大衛將用跪姿，最虔誠的姿勢避開裂痕，變成向上延伸的手臂。」速庫達跪到地上比劃，站起來，激動的說：「他搶了我的作品！」

「一個被流放的擊鼻手，一個下不了刀的慢郎中，你們到底想做什麼？」尤瑩嘉氣憤的說：「綁架小孩，不是英雄好漢。」

「你說的沒錯，綁架小孩，不是英雄好漢。」達梅樂笑。

「把你們綁起來，再去綁米開朗基羅，那就是英雄好漢了。」速庫達得意極了。

「綁架米開朗基羅！」兩個小孩同時叫了起來，這就是他們來時正在玩的遊戲啊。

史強生想到：「在可能小學的歷史裡，沒有小學生被綁架過啊。」

「這太不公平了。」尤瑩嘉跺腳。

「這世上有什麼公平的嗎？」一直默不作聲的主教說話了：「上帝的世界，不該被這些貪婪的人給欺騙，什麼藝術？什麼雕塑？什麼繪畫？我們對上帝的愛，不需要這些浮華之物，不需要這麼墮落。」

「可是，它們都很美啊。」尤瑩嘉訥訥的問。

「那是罪人啊！罪人才會用美麗來矇蔽你們的眼睛，昏庸的世人，以為付錢買贖罪券，就能洗清罪惡，卻不知道他們的錢，全變成了這些過眼雲煙！我們只需要聖經，不必金碧輝煌，不用宏偉莊嚴，內心純淨就能得到救贖！」

內羅拉主教說到聖經時，那兩個叔叔跪下去，喊著：「真正的信徒！去掉浮華的魔鬼！」

「你們……你們到底想要做什麼？」看見他們的動作，這兩個孩子第一次感到害怕。他們原本以為可能小學的課，應該就是快快樂樂的穿越，然後學點什麼回去學校，而現在竟然被綁在這裡，還是被三

個怪異的信徒綁架。

三個綁匪站起來，內羅拉主教冷冷盯著他們：「你們從棚子裡出來的，對不對？裡頭有幾個士兵？他們站在什麼地方？最重要的是，米開朗基羅在哪裡休息？」

「我們不知道啊。」尤瑩嘉說的是實話。

「你們如果不肯說，我就把你們的鼻子割下來，讓你們變成沒鼻子。」內羅拉輕輕笑著。

「一個扭鼻子，加上兩個沒鼻子，那樣子很美。」

當速庫達從口袋裡掏出刀，尤瑩嘉尖叫了起來！

米開朗基羅的
大衛像怎麼來的？

創作想法

雕刻的是大衛拿著投石器，準備對抗巨人哥利亞那一瞬間！

置放地點

原來置放於義大利佛羅倫斯的市政廳舊宮入口，現已移至佛羅倫斯美術學院畫廊內。

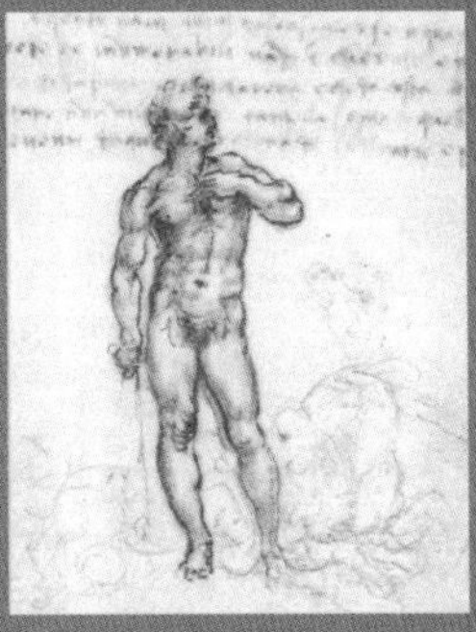

米開朗基羅所繪製的草稿

基本資訊

高度：5.17 公尺
重量：6000 公斤
雕刻時間：1501 ～ 1504 年

雕刻小祕密

1460 年時，這塊石材被取出來，但卻被雕塑家嫌棄：「又硬又薄，無從下手。」還有雕塑家說：「這塊大理石，仰臥著很擋路。」

直到 1501 年，米開朗基羅遇見它：「哈，這個石材太好了，大衛已經在裡面了，我只要除去多餘的部份就行了。」於是開啓了大衛像創作。

創作過程

米開朗基羅創作時，四周立著屏幕，不讓人窺看。創作好後，由四十個人花費四天時間，才將它從工作室移到市政廳入口。作品曾因被公眾抗議，被迫穿上 28 片銅製無花果樹葉來遮住「重要部位」。

5 內羅拉主教

尤瑩嘉面前有把刀，內羅拉跟她說：「先綁米開朗基羅，再抓達文西，等我把這些天才都抓走，佛羅倫斯再也不會因為『美麗』而敗壞下去。」

尤瑩嘉抗議：「不公平，他們只是藝術家，怎麼會敗壞佛羅倫斯呢？」

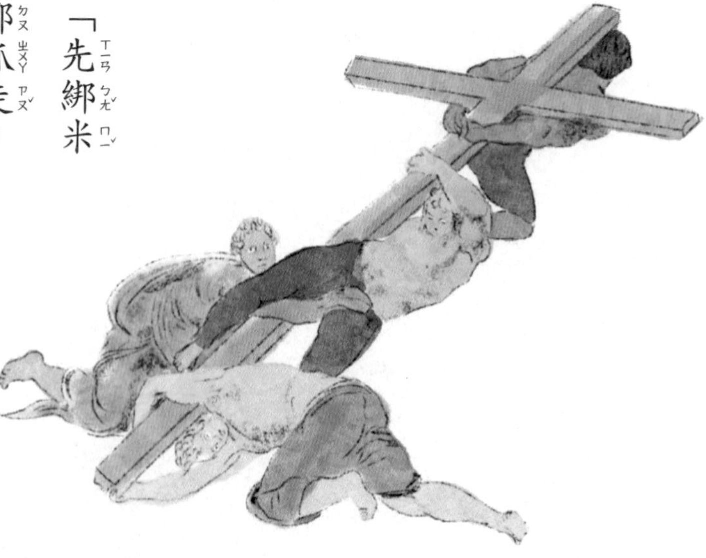

「什麼藝術家？他們只是畫匠。」長鼻達梅樂說：「畫得比我差。」

「米開朗基羅是個石匠，」光頭速庫達大叫：「專搶別人的構思。」

「他們都是欺世盜名，為富人服務的假大師。」內羅拉主教搖著頭，彷彿尤瑩嘉是個無可救藥的罪人：「城市沉淪，世界腐敗，從你身上就可以看見徵兆。」

「我腐敗？」尤瑩嘉嚇一跳。

「你腐敗！」三個綁匪大叫：「世人通通都腐敗！」

速庫達提議：「我們把米開朗基羅也綁來這兒吧！」

兩個小孩同時問：「你們真的要去綁架米開朗基羅？」

內羅拉提議：「今天還有遊行，綁架他太明顯，或許那個剛剛好的大衛，用椰頭來這麼一下……呵呵呵，趕快去準備吧！」

他們要去破壞大衛像？史強生急得不得了，米開朗基羅的作品岌岌可危，他卻束手無策，只能眼睜睜看著他們「改頭換面」。

速庫達的光頭戴上假髮，套上一件醜得不能再醜的暗紅袍子，頭上再包上花布，不仔細看，還以為他是個老奶奶。長鼻達梅樂把帽簷拉下來，低下頭，雙手合十的模樣，真會讓人以為他是個虔誠的信徒。

史強生想做點什麼，但是他的手被綁住了，他用力扭動雙手，幾次之後，感覺繩子有點鬆動了，三個歹徒只專注在裝扮上，沒人知道，他有根手指溜出來了。然後是第二根，第三根。

尤瑩嘉的手雖然被綁得很緊，嘴巴可沒有：「誰會相信老奶奶有那麼粗的腿？」她除了嘲笑光頭速庫達，也笑達梅樂的長鼻子藏不住，她正要繼續指出這三個綁匪行動中的其他缺點時，內羅拉把一塊布塞進她嘴裡。

小教堂的門被打開後，一個老奶奶，邁著顫巍巍的腳步走出去。

一個虔誠的信徒，低頭沉默的走出去了。

最後是推著小車的小販，那是內羅拉，推車裡頭有把榔頭。

那是要去破壞大衛像的榔頭啊。

尤瑩嘉心好急，卻只能眼睜睜看著大門關上，還被他們從外頭鎖起來。

這間石室位於這麼深的長巷裡，不會有人來，也不會有人知道這裡頭有兩個小孩。陽光漸漸延伸，尤瑩嘉看著陽光十字架漸漸的溜到大門上，然後一點一點的往上爬。

「我們該怎麼辦？」尤瑩嘉沮喪的聲音，打破教堂裡的安靜，她玩遊戲一向都是贏家，但是她從沒經歷過，被人綁在椅子上的遊戲，難道她就要永遠留在文藝復興時代了？

想到這兒，尤瑩嘉大叫：「誰啊，誰把我們放出去吧？我保證回學校之後，一定好好讀書，在家裡一定幫媽媽做家務，玩遊戲時不會作弊！拜託拜託，誰來都好，只要能放我們出去……」

「我啊！」史強生走過來，幫她把繩子鬆開。

「你……你怎麼辦到的？」尤瑩嘉說話都結巴了。

史強生給她看看那繩子，他除了歷史好，體育也好，反應也快，剛才達梅樂綁他時，他趁機把兩手撐出一點空間，用力搖晃，輕鬆脫困，「可能小學體育最強小學生，向您報到！」

「門被鎖住了。」尤瑩嘉推不開，她放聲大叫，等了一下之後，外頭沒有任何動靜，剛才走進來時，這條長巷兩邊都是高牆，平時應該沒什麼人走。

「體育最強小學生，現在怎麼辦？我們不會永遠困在這裡吧？」

尤瑩嘉提醒他：「我想過了，我們既然玩的遊戲叫做『綁架米開朗基羅』，我們就應該去解救米開朗基羅……」她是桌遊遊戲專家，找出遊戲規則，然後想辦法贏，是她的專長。

史強生邊聽規則，邊打量教堂。這裡四面無窗，門被反鎖，鏤空的十字架望出去是個樹林，他試著把身體擠出去，可惜十字架的寬度不夠。

「如果能爬上去，從十字架交會的地方應該可以鑽出去。」史強

生看看尤瑩嘉，又回頭看看十字架：「我把你推上去，你試著鑽出去。」既然有方法，雖然要爬高，但她是尤瑩嘉，她想贏！她立刻充滿信心的跑過去。她坐在史強生的肩上，史強生扶著牆站起來，他拚命把腳踮高，尤瑩嘉離交會點還是差了一點。

「你先踩到我肩膀，然後把腳慢慢移到我手上，用啦啦隊表演時那種站姿……」

「那也太可怕了！」

「你不想贏嗎？他們要去綁架米開朗基羅，破壞大衛像，我們的任務說不定就是要拯救他……」

「手撐好！我可不想輸給那三個綁匪！」一聽到遊戲，尤瑩嘉一咬牙，踩在史強生手上，讓他托起來，她的手搭在十字架交會點，史強生用力一推，她就探出頭去。

「怎麼樣？能不能出去？」

尤瑩嘉沒說話，她像隻猴子，鑽出去，順著鏤空的十字架，兩手交替，慢慢下去。史強生站在教堂裡，看著尤瑩嘉消失在小樹林，他也急了起來。難道她為了贏，竟然把他「放生」在文藝復興時代？小樹林被風吹得嘩啦響，他是體育最強小學生，既然尤瑩嘉可以，他應該也可以，就在他下定決心，一腳踩上那個鏤空的十字架時……

「砰」的一聲，大門被什麼撞擊著，然後「呀」的一聲，尤瑩嘉推了門進來：「你還在那裡幹什麼？快來吧，這是我第一次敲壞教堂的鎖耶！」

6 大衛大遊行

他們剛跑進大街，立刻淹沒在人群裡。

望不見盡頭的人龍移動著，他們被人潮簇擁著往前，空氣裡瀰漫著喜慶的氣氛，夾雜各種喇叭、大鼓與人們的歌唱與吟詠。

「這在做什麼？」史強生提高音量問。

「遊行！」一個穿著昂貴長袍的修士說：「佛羅倫斯又有一個偉大

的作品，將要落腳在皇宮前，這是我們為這個作品舉辦的遊行。」

「你說的是……」

「米開朗基羅的作品！」修士神情肅穆，緩緩往前。遊行隊伍中也有馬，穿著彩色服裝的騎師，騎在上頭，群眾朝他們投擲鮮花與彩帶，兩個小孩想停下來，卻被人推著不斷的往前走，史強生找到一個轉角，拉著尤瑩嘉鑽到樓柱邊。等那列騎師終於走完了，後頭是樂隊與修士們的遊行隊伍，暗紅色的彩旗在他們的頭上飄盪。

然後是踩高蹺的隊伍，他們扮成騎士、公主和國王，邊走邊朝人群灑下糖果、餅乾，偶爾還把一個孩子抓起來，用力往前一拋，讓另一個人接住，他們的舉動，更增添了過節的歡樂感。

「人這麼多怎麼辦？」尤瑩嘉擔心米開朗基羅，擔心她的任務。

史強生眼光四處轉呀轉，他想找間屋子爬上去，站得高，望得遠，可惜四周都被人占滿了，除了那些踩高蹺的人。扮成國王的演員，正拉了一個孩子上去，逗得那孩子呵呵呵的笑。街道上其他孩子仰著頭、伸著手：「選我，選我。」

有個念頭讓尤瑩嘉也舉手：「我！我！我！」

一雙強而有力的手把她拉上去，那是個扮演騎士的小胖子，小胖子笑嘻嘻，呶呶嘴，將她一拋，尤瑩嘉像個飛人似

的，從這頭被拋到那頭，戴著皇冠的國王接住她，一轉眼，她又飛到另一邊，這回是巫師接手。

巫師臉上化了白妝，露出一口尖牙，呵呵一笑，她從空中落回地面，人們朝他歡呼，更多孩子追著高蹺隊伍而去。

「這都什麼時候了，你還玩？」史強生怪她。

「我本來想飛起來看能不能找到那個棚子的嘛！」尤瑩嘉說時，還跟小胖子騎士揮手再見。

「找到了嗎？」

「我在空中的時間太短了，但是如果我可……」

「你別想再玩一次，他們走遠了。」現場太吵了，又一團樂隊經過，史強生得用吼的：「我們也沒時間再玩了！」

「他們要去找大衛啊，我們只要找到大衛像……」尤瑩嘉還沒說完，史強生已經拉著她跑了起來。

「你別跑啊。」尤瑩嘉停下腳步。

史強生急了：「快來不及了，我們要去保護大衛像啊！」

尤瑩嘉指著遊行的隊伍：「想要贏，路線要看清，剛才那個修士說了，這就是為了大衛的雕像落成辦的遊行啊。」

「你果然是社長，好吧！」史強生放下心來，安心的跟著遊行隊伍往前走。

隊伍越接近廣場，行進速度就越慢，想穿過人群得變成螞蟻，才能在這麼多人裡穿梭。

尤瑩嘉不是螞蟻，她奮力往前，穿越不同隊伍，她想贏，玩遊戲要有不怕輸的精神，也要有勇往直前的毅力，人雖然多，她就像條魚般一邊前進，一邊聽著人們讚頌米開朗基羅，說他是天才，猜測那個尚未現身的雕像，會是什麼模樣？

「就是一個沒穿衣服的男人雕像。」尤瑩嘉大叫，但沒人理她，因為聲音實在太多了，除了談論，還有音樂。尤瑩嘉和史強生遇到的樂隊，至少有幾十組，神聖的宗教音樂、歡樂的舞曲、節奏明快的行進曲，它們混雜在一起，形成龐大複雜的音浪，不同的樂隊也怕被人比下去，即使強風在整個街道吹拂，他們依然賣力演奏，人們隨節拍擺動身體，有個戴著面具的阿姨，甚至想拉史強生一起跳舞。

「這……這好嗎？」他遲疑。

「我們沒空。」尤瑩嘉用力把阿姨的手撥開，拉著史強生朝廣場而去，直到被一道密密麻麻的人牆擋住，士兵們凶暴的擋住人群，任易越過界線的，全被他們用馬鞭揮打。

尤瑩嘉踮起腳尖，望著前方的巨大棚子，後頭不斷有人擠過來。

那個棚子她認得，不久前，她和史強生才從棚子鑽出來，米開朗基羅和他的學徒在裡頭，大衛像也在，而這裡這麼多人，大家的目光全聚在棚子上，話題只有一個——「佛羅倫斯最新的雕像，米開朗基羅最新的作品」。

士兵後頭，有個騎士吸引了她的注意。

「公爵大人！」尤瑩嘉大叫，可是人實在太多，她叫破喉嚨，公爵大人也聽不到，史強生瞄到一頭巨型的獅偶走過來，它很巨大，需要四個人操控，不管它往哪兒一擠，人都要被迫分開，史強生推了巨獅一把，搖搖晃晃，連士兵都擋不住它。

「快，跟我來！」史強生拉著尤瑩嘉，用力一推，巨獅衝破分隔區，趁著士兵專心想擋下巨獅偶時，他們利用獅腹的掩護，順利穿過人群與分隔線。

一把刀，擋住他們。

「誰讓你們進來的？」持刀的人居高臨下，身上穿著銀色護甲和紅色斗篷，是公爵大人，他正在罵那群被人推得快跌倒的士兵：「你們是怎麼做事的？連幾個平民都管不好？我這『公爵』怎麼來的？是我犧牲奉獻保護佛羅倫斯城，才擁有的光榮，我不是來這裡替你們管秩序的……」

公爵大人怨言很多，尤瑩嘉得等他罵到一半，停下來換氣的空檔，這才能告訴他：「有人……有人要破壞米開朗基羅……」

「米開朗基羅怎麼破壞？」公爵大人「咦」了一聲，「他的脾氣壞，又不愛洗澡，你想把他送給我，我也不要！」

「有三個歹徒想綁架米開朗基羅，」史強生替她把話說清楚：「還要破壞大衛像。」

「破壞大衛像？」公爵大人終於弄明白了：「光天化日之下，這麼多人的地方，有人敢來破壞大衛像？」

「第一個人的鼻子很長，他叫做達梅樂！」史強生說。

「達梅樂把米開朗基羅的鼻子打歪，被放逐出去，所以他恨米開朗基羅！」尤瑩嘉補充。

「還有大光頭速庫達！」史強生說。

「他本來要刻的大理石，被米開朗基羅先搶去刻成大衛像，所以懷恨在心。」尤瑩嘉再補充：「還有一個主教大人內羅拉，他說什麼佛羅倫斯的風氣太奢華，他要恢復純淨素樸的文化。」

「媽媽咪呀，這可不是開玩笑的事，如果你們說的都是實話。」

公爵大人伸手一招，一隊士兵立刻跑來，他們持刀帶鎗，訓練精良，公爵大人騎馬帶頭，浩浩蕩蕩走到棚子前。

啪啪啪啪！分隔線外的觀眾歡呼叫好，大家以為這是雕像揭幕的節目，尖叫、鼓掌，還有伴著越來越急的鼓聲，振奮人心。

「還是雇傭軍厲害，你看星之軍團的訓練。」

「那是保衛佛羅倫斯的約翰公爵啊。」貴太太們朝著公爵大人猛拋媚眼，公爵停下腳步，鞠了個很紳士的禮。

「哦，英國來的公爵大人，就是帥。」

「我快被他給帥昏倒了……」那個胖太太一說，還真的昏過去了，幸好，廣場人多，她倒下去的時候，具有紳士精神的先生們，紛紛伸手架住她。

快來買「贖罪券」！

有錢沒錢，贖罪券讓您上天堂！

羅馬教皇利奧十世發行贖罪券

黃鑽級贖罪券：免除重大罪惡

黃金級贖罪券：貴族死後上天堂

白銀級贖罪券：免除老百姓小型罪惡

送禮專用贖罪券：花費少少，人人上天堂

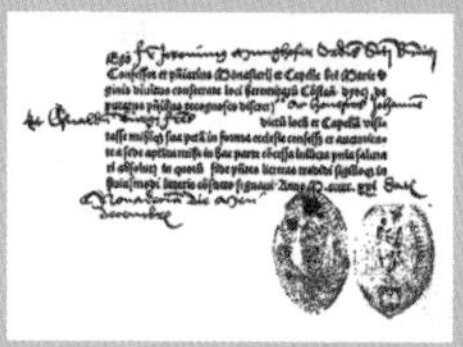

贖罪券原始用途

籌措資金，應付教堂各種開銷。

神職人員

成為推銷贖罪券的推銷員。

教會獲得大量資金

開始廣建教堂，並以大量精美雕刻、壁畫、繪畫，將教堂裝飾得美輪美奐。

引發後果

贖罪券幫教皇聚斂大量財富，引發一位德國教士馬丁路德強烈質疑，點燃宗教改革運動的導火線。

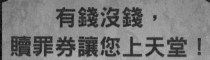

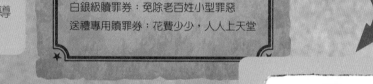

7 星之軍團

雇傭軍圍住棚子，他們在大風裡幫公爵大人拉開棚子，公爵把馬交給部下，搶先一步衝了進去，史強生和尤瑩嘉立刻跟過去。

對比外頭的喧嘩，棚子裡頭顯得寧靜，只有風，不停呼呼呼的鑽進來。

板子阻隔大半的陽光，從頭頂灑落的天光，像聚焦燈般照在大衛

像上，一隻鴿子，不偏不倚停在大衛的頭上。

米開朗基羅的學徒們雙手全被反綁著，他們倒臥在地，不知生死如何，最靠近架子邊的人，滿頭亂髮，雙眼緊閉，天啊，那是米開朗基羅。尤瑩嘉伸手搖搖他，米開朗基羅無力的咕噥著，架上傳來聲音，那是……

「你們來啦！我綁那麼緊，你們還能跑出來？」長鼻達梅樂開心的笑著，他站在架子最高處。

「嘿，小朋友，注意看，我只要這麼一錘。哈哈！」光頭速庫達也在笑，他舉著特大號的榔頭，故意擺動著，每一下都讓史強生的心臟跳動加速。

「你小心一點！」史強生大叫。

「速庫達，小心一點，你要讓佛羅倫斯人見證奢侈靡華的下場啊。」內羅拉的手一揮，速庫達舉起榔頭，眼看他就要把大衛像給破壞掉了，尤瑩嘉連忙用力推著公爵大人。

「你是公爵大人……你快制止他們啊。」

「制止？」公爵大人問。

「別讓他們破壞大衛像啊。」史強生激動的說。

「行行行。」公爵大人拔出長劍，把劍架在史強生的脖子上：「這不就制止了嗎？」

「不可以！」尤瑩嘉衝上前去。

砰！公爵一腳把她踢翻。

「你跟他們是一夥的？」史強生有些生氣的問。

「雇傭軍不是最忠心的嗎？」尤瑩嘉瞪他。

內羅拉大笑：「沒錯，他們雇傭軍最忠心了，誰付的價碼高，他們就忠心的聽誰的話，而現在，我給的價碼最高。」

「綁匪！破壞狂！」尤瑩嘉爬起來，指著公爵大人罵：「你們根本是強盜！」

「我們是有訂契約的雇傭軍喔。」公爵大人從口袋裡掏出一張紙，展示給大家看，「這可是內羅拉大人和我的契約，星之軍團將忠心耿耿，聽從他的調度。」

米開朗基羅醒了，掙扎著說：「你這個眼裡只有錢的人！」

「哈哈，你終於睜開眼啦，」達梅樂在上頭催：「扭鼻子的老米，好久不見，我這一敲，大衛的鼻子就要跟你一樣啦。」

米開朗基羅想爬起來，公爵大人踩著他：「等你看完大衛變成沒鼻子之後，換你來我家幫我刻幾個雕像，你別以為軍人沒品味，不懂藝術，我買了好多希臘式的雕像，我之前也綁了不少藝術大師回去，只是他們刻來刻去，我都不太滿意，等等揭幕完，你就來我家幫我刻一個新的吧！」

公爵一講起話來就沒完沒了，米開朗基羅在底下不停的扭動，兩條腿胡亂踢，踢得架上的達梅樂大喊：「誰讓他安靜一下行不行？」

「你們這群暴民！那是我的作品！」米開朗基羅不聽，史強生都替他難過起來，他為了保護大衛像，先用棚子圍著，還特別設計了什麼「一踢就倒」的……咦，對了，為了這回開幕，米開朗基羅設計「一踢就倒」的機關，只要踢一下，整個棚子和架子就會向外、向下垮下來。

「大衛會用最光鮮亮麗的方式，呈現在大家面前。」當初米開朗基羅就是這麼說的啊。

沒錯，現在米開朗基羅的腳，就是瞄準那塊三角型的板子，那塊尤瑩嘉差點兒撞到的板子，只是公爵用腳踩著他，還在發表他對藝術的看法，什麼希臘文化羅馬精神，史強生的腳挪呀挪的……

他碰到那塊板子，於是他用力一踢！

咚！架子動也不動，公爵大人很生氣：「你想踢我？」

「我……」

「給你一個建議，想踢人就要像我這樣踢，這是上戰場英勇作戰的軍人踢法！」

砰！公爵大人示範了一次。

嘎啦！那塊三角型板子掉下來，聲音和剛才不太一樣。

公爵大人笑著說：「記起來，這是軍人本色！」

他剛說完，頭頂上傳來一聲砰，接著是一串砰砰砰的聲音，像是緊繃的繩索爆裂，吸引所有人

的目光，連公爵的腳都忘了踩好米開朗基羅。接下來的一切，宛如慢動作電影，動作繁複，一氣呵成。

史強生趁機拉著米開朗基羅，滾進架子正中間。

「你們別跑……」長鼻達梅樂還沒說完，人從上頭掉下來，連帶著內羅拉和速庫達也跟著陷落，圍著大衛的架子像喝醉酒的

巨人，仰天倒下，像朵巨型的花，花瓣朝四面八方飛散。架子垮下來，恰好壓到木製棚子，那圈板子像骨牌被敲了一下，再被擠一下，啪啪啪啪的巨響，挾著雷霆萬鈞之勢，全體朝著外頭，氣勢龐大的垮下來，壓下來，在狂風亂舞滿天塵砂中，引起無數人的尖叫與歡呼。尖叫的人是被嚇到的人，歡呼的人，以為這又是一個精心安排的節目。

在這片混亂初始，尤瑩嘉被一隻手拉著，躲進大衛像底下。是米開朗基羅。

如果去掉他那三個月沒洗澡的臭味，嗯，一切還算美好。大衛像基本沒受到半點兒傷害，倒是那些歹徒、士兵，全被架子和板子壓住了。

「天才的算法沒錯，大衛就應該這樣揭幕。」米開朗基羅率先爬起來。吹了那麼久的風突然安靜了。

有人在笑，那是公爵大人，他竟然奇跡似的沒受到一點兒傷。

「你們一個也跑不掉。」公爵大人揚起長劍，空中有道黑影落下來，咚砰啪，那黑影恰恰好落在公爵大人身上，他連哼都沒哼一聲就倒了下去。那個黑影是個人，他的個子不大，拍拍身子站起來。

米開朗基羅衝過去，抱著他：「小石頭，你不是被風吹走了嗎？」

「嘿，小石頭從頭到尾都緊拉著繩子啊，等了好久，剛才風停了，我就掉下來啦！」

「就這麼剛好，把壞人撞倒！」米開朗基羅摟著小石頭，哈哈大笑。廣場響起掌聲，大家拍手歡呼，圍著剛揭幕的大衛像。

「佛羅倫斯最新的雕像！」

「大衛像，米開朗基羅的力作。」

大衛像在金黃的陽光下，向前張望的眼神，顯得那麼獨特而俊美，勇敢而堅定，史強生覺得自己也太幸運了，竟然能參與大衛像的揭幕式，而且用這麼神奇的方式，他對尤瑩嘉說：「我會一輩子記得這一刻！」

米開朗基羅朝大家微微鞠了個躬，引起更多的歡呼與掌聲。

「太完美了！」謙虛賈遜領著一大群人走來：「完美的雕像，完美的作品，完美的城市。」

尤瑩嘉卻看到，內羅拉從垮掉的架子裡鑽出來，她急忙喊著：

「那個人！那個人要綁架米開朗基羅，要破壞雕像。」

咚的一聲，一根特大號棒子直接敲向他的頭，是那個踩高蹺的騎士，內羅拉昏過去了，小胖子向大家行個禮：「沒有噴火龍可以敲，那就敲個壞蛋吧。」

長鼻達梅樂和光頭速庫達也想跑。

公爵大人爬起來，朝士兵們點點頭，星之軍團的士兵立刻飛奔過去，用劍制住他們，還把這三個歹徒全都綁住。

「這種小事，我們星之軍團來就行了。」公爵大人說。

「你明明跟他們是一夥的！」尤瑩嘉記得。

公爵大人拿出剛才的合約，當著大家的面，唰的一聲撕成兩半，然後拿出另一張合約：「我和謙虛賈遜也是有契約，誰付的價錢高，星之軍團就為誰效勞，我可記得謙虛賈遜答應過，要給我一座大宅第。」這個指揮官說到這兒，還朝著謙虛賈遜眨了眨眼。

謙虛賈遜點了點頭，公爵大人更神氣了。

尤瑩嘉糗他：「你說過，內羅拉給你的錢更多。」

「孩子，你懂的，一個被抓住的『可能執政官』，是不可能付出任何一毛錢的，沒有錢的合約，就沒有遵守的必要！」

「拿錢辦事，為錢賣命！」謙虛賈遜稱讚他：「這就是雇傭軍的本色。還好，佛羅倫斯的銀行業很發達，羊毛工會財力雄厚，這點小錢，我們付得起。」

星之軍團的士兵排好隊伍，唰的一聲，拔出長劍高呼：「效忠佛羅倫斯！」

「你們是效忠佛羅倫斯的『錢』。」尤瑩嘉替他們加上註解。

文藝復興最重要推手——梅第奇家族

文藝復興發生於梅第奇家族統治下的義大利佛羅倫斯。梅第奇家族統治佛羅倫斯兩百多年，家族出過三任教皇、兩任法國皇后，佛羅倫斯的藝術品，幾乎有一半以上，出自梅第奇家族的貢獻。

喬凡尼 · 德 · 梅第奇（1360 ～ 1429 年）

創辦梅第奇銀行，積累大量財富，也是家族中第一個藝術贊助者。委任布魯內萊斯基修建聖母百花大家堂，至今仍是佛羅倫斯的象徵。

科西莫 · 德 · 梅第奇（1389 ～ 1464 年）

科西莫不是國王，卻牢牢掌握佛羅倫斯，因而被尊稱為佛羅倫斯國父。聖母百花教堂的大圓頂是他請人蓋好的。他曾想當藝術家，卻意外被父親任為繼承人，因而大量贊助藝術家創作。

羅倫佐 · 德 · 梅第奇（1449 ～ 1492 年）

被稱為「偉大的羅倫佐」，他生活的時代正是義大利文藝復興的高潮期，他努力維持義大利城邦間的和平。他的人格魅力也吸引著有才華的藝術家聚集在他身邊，波提切利、達文西、米開朗基羅等人都是在羅倫佐的贊助中成長，而後成為大師級藝術家。

教皇利奧十世（1475 ～ 1521 年）

羅倫佐的兒子喬瓦尼成為紅衣主教，當選為教皇利奧十世。他上任第一件事，便是找兒時伙伴米開朗基羅到羅馬，為西斯汀教堂畫壁畫，花了整整四年才完成。

文藝復興的美術三傑達文西、米開朗基羅、拉斐爾皆曾受過梅第奇家族資助。

8 又一場挑戰

這是個美好的結局，壞人被抓，好人獲救，而完美的雕像順利的矗立在廣場。

謙虛賈遜向眾人宣布：「執政官接下來還要邀請米開朗基羅、達文西兩人，在執政廳各畫一幅壁畫！」

「達文西？」史強生一聽，幾乎要跳起來了，他竟然能遇見達文

西：「一次遇見兩位大師？」

現場的觀眾陷入一陣瘋狂裡，一個長灰色鬍鬚，頭上戴黑色帽子的男人，他的相貌英挺，瘦長的身材，優雅的走到謙虛賈遜身邊。

「達文西！」

「達文西！」

「達文西！」

「達文西！」

「他……他就是達文西？」史強生用力的鼓起掌來，達文西看起來比米開朗基羅年紀大得多，他有好多問題想問達文西，像是蒙娜麗莎到底在笑什麼，還有，那些他做的各種大炮、坦克車草稿，到底是不是真的……

謙虛賈遜讓達文西講講話，達文西只朝大家點點頭：「我不會輸給年輕人。」

米開朗基羅站在另一旁，大聲的說：「年輕人就是有朝氣，年輕人就是有熱血，放心，執政廳的畫，我會用我年輕的生命，奉獻我對這座城市的愛，絕對不會辜負執政官，還有全佛羅倫斯市民，既然是挑戰，大家敬請期待，米開朗基羅的每一筆都會用生命，畫在執政廳的牆上……」

米開朗基羅說到這兒，指著史強生和尤瑩嘉：「快！你們先去執政廳幫我選一片牆，我可不想輸給老傢伙！」

圍觀的人又鼓起掌來了，大家大聲喚著達文西的名字，希望他再講點什麼……

「您該給米開朗基羅一點教訓啊。」

「他冒犯了您，教訓教訓他啊。」

「讓作品說話吧！」達文西說完又沉默了。

米開朗基羅笑了一聲：「作品，作品，作品，跟不上這時代洪流的作品，是開不了口的！你們還不快去？我的牆面要大、要平坦、要能在陽光下……」

後面那幾句話是對史強生和尤瑩嘉說的了。

他們兩個轉身跑向執政廳，還聽得到大家的叫好聲，尤瑩嘉問了史強生：「我們的任務，到底什麼時候結束啊？我們已經解救被綁起來的米開朗基羅了呀！」

「我祈禱，任務不要這麼快結束，我還想看米開朗基羅與達文西的對決！」

史強生拉開執政廳的大門，滿腦子想，自己也太幸運了，他就要看史上最有名的兩大藝術天才之爭了。

他拉開大門時，有股細微的電流，讓他差點兒把手移開。這個年代不會有電，但史強生是歷史最強的小學生，他想起來，可能小學穿越時會出現電流。

「我們要回去了？世紀對決還沒開始啊。」史強生才這麼想時，四周頓時進入一片黑暗，尤瑩嘉好像在他後頭喊什麼，但聲音被扭曲了，不知從哪兒來的風，四面八方的朝他吹拂，他在大叫，尤瑩嘉也在喊。

時間彷彿永遠過不完，有火車過山洞的隆隆聲，地面與天花板同

時扭曲，直到他們的前方出現了亮光。

那光本來很小，但漸漸的他們看清楚了，它是盞小小的聚光燈，就像……再度神奇桌遊社的那盞燈。

燈下有張方桌，桌上擺著……桌遊？

「綁架米開朗基羅，任務完成了？」尤瑩嘉的叫喊像是口令，霎時間，好像有人瞬間拉開窗簾，天光降臨凡間，再度神奇桌遊社躍回他們身邊。

「你們研究好了？」一句問話打醒發愣的兩人，「我交給你們的那盒桌遊知道怎麼玩了嗎？」

發話的人是老胡，這個長得屠夫似的男人在門口，打著哈欠：「這款遊戲好玩嗎？」

「好玩？」尤瑩嘉有一肚子的話想說：「我們剛剛差點兒就被綁架了，我們……」

「我們是『真的被綁架』了。」史強生確信：「是內羅拉綁架我們，米開朗基羅的大衛像差點兒被破壞了。」

換做一般的老師，應該會覺得他們瘋了。

「你們真的很投入，玩遊戲也能做白日夢，麻煩做完了白日夢，把遊戲盒收妥，這可是我祖先當年在絲路上玩的遊戲，對了，走的時候記得關燈，好嗎？」

「就這樣？我們差點被困在文藝復興時代回不來耶！」尤瑩嘉瞪大眼睛。

「留在文藝復興時代？我也期待自己留在做夢的年紀，好囉，下遇見。」老胡拉開門，外頭的草地和平常一樣，除了一隻猴子手裡有張傳單。

是尤瑩嘉發的招生傳單嘛，她想要回來，但那隻猴子一跳一跳，竟然跑走了。

「好吧，如果你真的想參加，歡迎你來當第三號社員。」尤瑩嘉笑了，如果真有隻猴子來當三號社員，那絕對會超過其他社團。

米開朗基羅與達文西大對決

文藝復興兩大高手 —— 繪製《蒙娜麗莎的微笑》的達文西與創作《大衛像》的米開朗基羅同場較勁！1504 年，佛羅倫斯市政廳兩側需要裝飾壁畫以展現共和國的光榮歷史，因此邀請兩人在會議廳的兩面牆上，各自繪製一幅戰爭壁畫。究竟誰會勝出呢？

請你來做裁判，覺得誰技高一籌，就圈選出各項目中你覺得較厲害的一方，一個項目一分。

米開朗基羅		達文西
1475 ～ 1564 年 大衛像、創世紀、最後的審判、聖殤	年齡 代表作	1452 ～ 1519 年 聖母像、蒙娜麗莎、維特魯威人、最後的晚餐
不受拘束，堅持藝術理想	個性	不受拘束，堅持藝術理想溫文儒雅，不喜歡倉促做事
1394 年與比薩的《卡西納戰役》	計畫繪製 壁畫內容	1440 年與米蘭的《安加里之戰》戰役
畫了大量草稿，無奈動筆前臨時被教宗徵召，只好先去羅馬設計教宗陵寢雕塑……	結果	不想受限溼壁畫法，想用羅馬蠟畫技術，最後失敗沒有完成畫作……

統計結果：米開朗基羅＿＿＿＿分、達文西＿＿＿＿分，由＿＿＿＿＿＿＿＿獲勝！

絕對可能會客室

在十四到十六世紀，文藝復興在義大利半島拉開序幕，人們開始欣賞美麗事物，追求藝術與文學等文化活動，後來更傳播到全歐洲。被尊稱為「文藝復興三傑」的達文西、米開朗基羅和拉斐爾，更留下了許多重要作品。不過，據說三位藝術家感情似乎不太好，這究竟是怎麼一回事呢？絕對可能會客室邀請了其中一位藝術家，才華洋溢的他在雕塑、繪畫、建築都有重要成就，今天將為我們揭開文藝復興的神祕面紗。

主持人：尤瑩嘉、史強生

本次可能來賓：米開朗基羅

：在可能小學裡，沒有不可能的事，我是主持人尤瑩嘉。

：在可能電臺裡，沒有邀請不到的人，我是主持人史強生。

：歡迎今天的來賓，文藝復興三傑之一的米開朗基羅！

：大師！大師！大師！大師！

：大師！您今天為什麼要戴著面具來？

：我知道，今天是威尼斯的嘉年華會！

：不是（生氣），錄影的時候，你們的鏡頭，不准對著我的嘴脣以上。

：米開朗基羅大師，我們今天是電臺訪問，只錄聲音，不會有鏡頭拍您的鼻子，您放心，您的面具可以拿下來了，只是，您為什麼那麼在乎……

：怪那個擊鼻手什麼達梅樂，當年我們在畫室學畫，他畫的那麼匠氣，那麼平庸，我好心建議他，既然畫不好，就該早早換個工作，在藝術界這一行，沒有他立足之地。

：天哪，您真的這樣說啊？

：藝術家就是要追求真善美，眼見為憑，看見什麼說什麼，我這麼說有哪裡不對嗎？

：沒有，當然沒有，只是擊鼻手聽了……

：他聽不進真話嘛，我才說完，他一腳踢翻畫架，一拳打在我

臉上，我的鼻子才會變成這幅模樣，哼！你們說，我堂堂的藝術大師，卻帶著這樣的鼻子，怎麼見人？

：不會不會，我覺得很耐看的。

：你看到什麼？

：（仔細端詳，停頓）就是，就是一個……鼻子。

：哼。

：大師不在乎容貌的，您是文藝復興三傑之一……

：（打斷他的話）什麼大師不大師的，我不在意，但是，說我是什麼三傑之一的，我很有意見，我就是我，米開朗基羅，那兩個人根本不該跟我的名字放在一起。

：大師指教的是，您是我們可能小學孩子的偶像。

：更是全人類美術史上的標竿，您的作品我們都曾見過不少。

：別拍馬屁，我不愛別人給我戴高帽。

：大師果然是大師，這麼謙虛有禮，和我聽來的傳言不同。

：什麼傳言？

：我查了幾個網頁，都說您比較控制不住脾氣。

：（濃重的深呼吸聲）誰說的？是不是達文西？還是拉斐爾？我就知道他們羨慕我的成就，我慎重的告訴你們（咆哮），我！根！本！不！暴！躁！

：也許資料有誤，這些網頁上說您和達文西與拉斐爾都合不來，也經常和贊助人吵架？

：贊助人——統統是凡人，是蠢材，他們怎麼會知道一個天才

的想法，我追求藝術的完美，這些庸人卻只在乎成品什麼時候能完成，最後付的錢最好再打一點折扣，藝術是無價的，你們說，跟那種人，還能多心平氣和？

：大師請息怒，先喝口茶。

：我記得大師很小就去學畫畫了，可以跟我們講講那段歷史嗎？

：學畫畫？告訴你們，我十三歲去畫室當學徒，但是一年後，我們的老師找不到東西教我，我領的薪水就按照畫家標準了，這在當時和後來，都是沒人達成過的成就。什麼是天才？我就是這樣的天才！天才學畫也勝過凡人，呵呵呵呵！

：有個問題，我想所有的小朋友都想知道——您和達文西，到底誰比較厲害？

：這還用說嗎？

：（好奇）您？還是他？

：我不是說了嘛，這還用說嗎？那個達文西，有幾件作品完成？

：有啊，蒙娜麗莎的微笑，還有……

：虎頭蛇尾的作品很多吧？這不是我愛吹牛，你們想想，什麼叫做偉大的藝術家，他是不是至少要有幾十件作品能讓人看見。我在梵蒂岡完成《聖殤》那年，還不到二十五歲。但是達文西三十歲的時候，他完成的畫作寥寥可數，那個拉斐爾在同一個年紀，已完成了八十幅畫作，他有嗎？

：對吔，好像沒有。

：要怎麼評論一個藝術家厲不厲害？教宗利奧十世說他做不成

任何事，因為他在事情還沒開始時就已經在想結尾了。

：可是《蒙娜麗莎的微笑》……

：十六年，他斷斷續續畫了十六年，我刻大衛像才花兩年。

：你們那場世紀大對決……

：對嘛，講到大對決，我做了多少張草稿啊，如果不是教皇召我去羅馬，我就畫完了嘛，他呢？

：他有在牆上動筆不是嗎？我記得他要用一種新畫法！

：但是他畫了不久又放棄了啊，他一輩子放棄多少畫作，多少雕像？他就是不斷的拖延，不停的放棄東放棄西，如果我不是臨時被教皇召去羅馬，告訴你們，我一定早就完成了……要是我能完成，一定可以讓你們見識一下（劇烈咳嗽）……

：大師，喝茶，喝茶。

：（茶杯掉落，破掉的聲音）不喝了，不喝了，我要走了（扯掉收音線的聲音）。

：大師，大師……

（砰的一個巨大的關門聲！）

：米開朗基羅大師真的走了。

：我們哪一句話得罪他了？

：哪一句話？嘿～就留我們的聽眾去猜囉！歡迎大家上網聽回放，然後在留言版告訴我們……

：沒錯，請別忘了，留言告訴我們，哪一句話，讓大師氣呼呼

的走了，第一個找到正確答案的人，我們將送您一條大師親手扯斷的收音線做紀念。

：在可能小學裡，沒有不可能的事。

：在可能電臺裡，沒有邀請不到的人。

：我是主持人尤瑩嘉，想報名再度神奇桌遊社，可利用週二社團時間來找我們喔。

：我是主持人史強生，可能小學實習電臺，絕對可能會客室。

：下週見。

作者的話

回到讓世界天翻地覆轉變的瞬間

在可能小學裡，沒有不可能的事。

頭一回寫這套書，還是我當導師的時期，那時班上的孩子，每次月考，其他科都還好，社會卻一考就倒。上社會課的主任很認真，一堂課四十分鐘，他幾乎沒休息的講故事、舉例子，奈何多半的小朋友因為背景知識不足，很多地方沒去過，大半人名沒聽過，一上社會課就去夢裡向周公請益。

我因此興起一個念頭：把社會教室搬到歷史中。

跟乾隆下江南，看京杭運河的運作；跟岑參遊玉門關，看看唐朝選拔美女；進金字塔了解古埃及文化，到羅馬競技場看看角鬥士怎麼訓練……

聽起來熱血，寫起來也很過癮。

可能小學因此誕生，而且寫得欲罷不能。

只是，我們身處的社會，並不是一直這樣的。

往前也不過一百多年，當時還有皇帝；而兩百多年前的世界，沒有機器。再往前一點，歐洲中古時代，宗教牢牢的控制人們的思想，那時的人們，相信地球是平的，想買一點胡椒，要花好多錢。

從遠古到那個年代，世界變化沒那麼快，人們日出而做日落而息，相信今天和明天都一樣。

後來，發生什麼事情，讓世界有了天翻地覆的轉變，我們變成現在的我們？

〈可能小學的西洋文明任務II〉系列，就把目光對準那段時間。

十五～十七世紀的航海時期與地理大發現時代，和我們很有關連，「福爾摩沙」的名稱是經過臺灣的葡萄牙水手喊出來的，荷蘭人甚至在臺南建立熱蘭遮城，把臺灣的水鹿皮賣到日本，將南洋香料載回去。

地理大發現，從葡萄牙的亨利王子開始，他設立世界第一所航海學校，改良海船，鼓勵葡萄牙人往外探險。那時，數百人的船隊出門，要忍受海上孤獨，因為水果青菜攝取不足，敗血症的威脅時時都在，加上暴風巨浪、未知世界的挑戰，幾百人的船隊，回來往往只有數十人。

但也幸好有他們，地球的空白地區被人「發現」了，東西南北的交通便利了，奇花異果和香料，再也不是貴族的專利品。

如果能回到大航海時代，會怎麼樣？

大家都喜歡文藝復興，羅浮宮蒙娜麗莎的微笑、佛羅倫斯的大衛像，都是當時留下的作品，文藝復興源自義大利的佛羅倫斯，那時的梅第奇家族，既是銀行家，也是佛羅倫斯的掌權者，聖母百花大教堂就是他們家族出資興建，除了教堂，他們還支持種種藝術活動，文藝復興三傑達文西、米開朗基羅與拉斐爾，能創作出那麼多好作品，和他們家族的關係都很深。

但是，文藝復興真的那麼美嗎？

跟著可能小學，回到那時大衛像剛刻好，準備運到皇宮前，米開朗基羅即將進入人生的高光時刻，但是他曾經的仇家找上門，委託他雕刻的主教大人有意見，而維持秩序的公爵大人是收保護費的，要是他撤兵，佛羅倫斯就會引來外患……

回到文藝復興時代去走走，小朋友會發現：打開歷史來看看，有這麼多意想不到的驚奇。

二百多年前，法國還是君主專政，歷任的國王彷彿都是天選之人，就像我們相信皇帝是「上天的兒子」，他們一代傳一代，負責管理人民。

直到法國大革命打破階級制度，證明管理人們的國王其實也是人。

以往高人一等的貴族，當然更是人。

平凡的百姓向統治階層發出怒火，人人平等，我們不要再被你們剝削了。革命的浪潮，向世界各地湧去，各地的國王、皇帝和大公們，走下王座（龍椅），走入人群，這才有了我們現在的民主制度。

還有還有，蹦奇蹦奇駛來的蒸汽火車，加速工業革命的進步，在那個熱火朝天機器隆隆作響的年代，人們把「時間就是金錢」掛在嘴邊，機器取代人力，煙囪冒出來的濃煙，象徵一個新時代的開始。

如果沒有工業革命，說不定現在的孩子，依然在農場、莊園裡工作。還好有了工業革命，商品變便宜了；還好有了地理大發現，生產的東西可以送到世界各地；還好有了法國大革命，我們一人一票選總統，世界再也不是國王說了算；還好有了文藝復興，人們開始注意到我們生而為人，把目光放在怎樣讓人能做更好的人。

穿越時空，回到那些變動劇烈的時代，除了佩服前人的努力，孩子們更能珍惜我們現在擁有的一切，知道它們得來不易，因此更值得好好珍惜！

歡迎跟著可能小學的腳步，我們一起回到那些年代！

可能小學的西洋文明任務 II ——— 2

綁架米開朗基羅

作者｜王文華
繪者｜李恩

特約編輯｜蕭景蓮
責任編輯｜楊琇珊
封面設計｜也是文創有限公司
電腦排版｜中原造像股份有限公司
行銷企劃｜洪筱筑

天下雜誌群創辦人｜殷允芃
董事長兼執行長｜何琦瑜
媒體暨產品事業群
總經理｜游玉雪
副總經理｜林彥傑
總編輯｜林欣靜
行銷總監｜林育菁
主編｜李幼婷
版權主任｜何晨瑋、黃微真

出版者｜親子天下股份有限公司
地址｜台北市 104 建國北路一段 96 號 4 樓
電話｜（02）2509-2800　傳真｜（02）2509-2462
網址｜ www.parenting.com.tw
讀者服務專線｜（02）2662-0332　週一～週五：09:00~17:30
傳真｜（02）2662-6048　客服信箱｜ parenting@cw.com.tw
法律顧問｜台英國際商務法律事務所・羅明通律師
製版印刷｜中原造像股份有限公司
總經銷｜大和圖書有限公司　電話：（02）8990-2588
出版日期｜ 2023 年 9 月第一版第一次印行
定價｜ 350 元
書號｜ BKKCE034P
ISBN ｜ 978-626-305-563-6（平裝）

國家圖書館出版品預行編目資料

綁架米開朗基羅／王文華文；李恩圖. -- 第一版. --
臺北市：親子天下股份有限公司，2023.09
140 面；17X22 公分. --（可能小學的西洋文明任務. II；2）
國語注音
ISBN 978-626-305-563-6（平裝）
863.596　　112012988